LOS ARCOÍRIS

Katie Gillespie

EYEDISCOVER

EYEDISCOVER

Ve a **www.eyediscover.com** e ingresa el código único de este libro.

CÓDIGO DEL LIBRO

AVH98962

EYEDISCOVER te trae libros mejorados por multimedia que apoyan el aprendizaje activo.

Published by AV^2 by Weigl
350 5th Avenue, 59th Floor New York, NY 10118
Website: www.eyediscover.com

Library of Congress Control Number: 2019936139

ISBN 978-1-7911-0796-3 (hardcover)

Printed in Guangzhou, China
1 2 3 4 5 6 7 8 9 0 23 22 21 20 19

042019
111918

English Editor: Katie Gillespie
Spanish Project Coordinator: Sara Cucini
Designer: Mandy Christiansen
Spanish/English Translator: Translation Services USA

Weigl acknowledges Getty Images, Alamy, iStock, and Shutterstock as the primary image suppliers for this title.

EYEDISCOVER proporciona contenido enriquecido, optimizado para el uso en tabletas, que complementa este libro. Los libros de EYEDISCOVER se esfuerzan por crear un aprendizaje inspirado e involucrar a las mentes jóvenes en una experiencia de aprendizaje total.

Mira
El contenido de video da vida a cada página.

Navega
Las miniaturas simplifican la navegación.

Lee
Sigue el texto en la pantalla.

Escucha
Escucha cada página leída en voz alta.

Tu EYEDISCOVER con Seguimiento de Lectura Óptico cobra vida con...

Audio
Escucha todo el libro leído en voz alta.

Video
Los videos de alta resolución convierten cada hoja en un seguimiento de lectura óptico.

OPTIMIZADO PARA

- TABLETAS
- PIZARRAS ELECTRÓNICAS
- COMPUTADORES
- ¡Y MUCHO MÁS!

LOS ARCOÍRIS

En este libro, aprenderás

- cómo se forman los arcoíris
- dónde vemos arcoíris
- qué colores tiene un arcoíris

¡y mucho más!

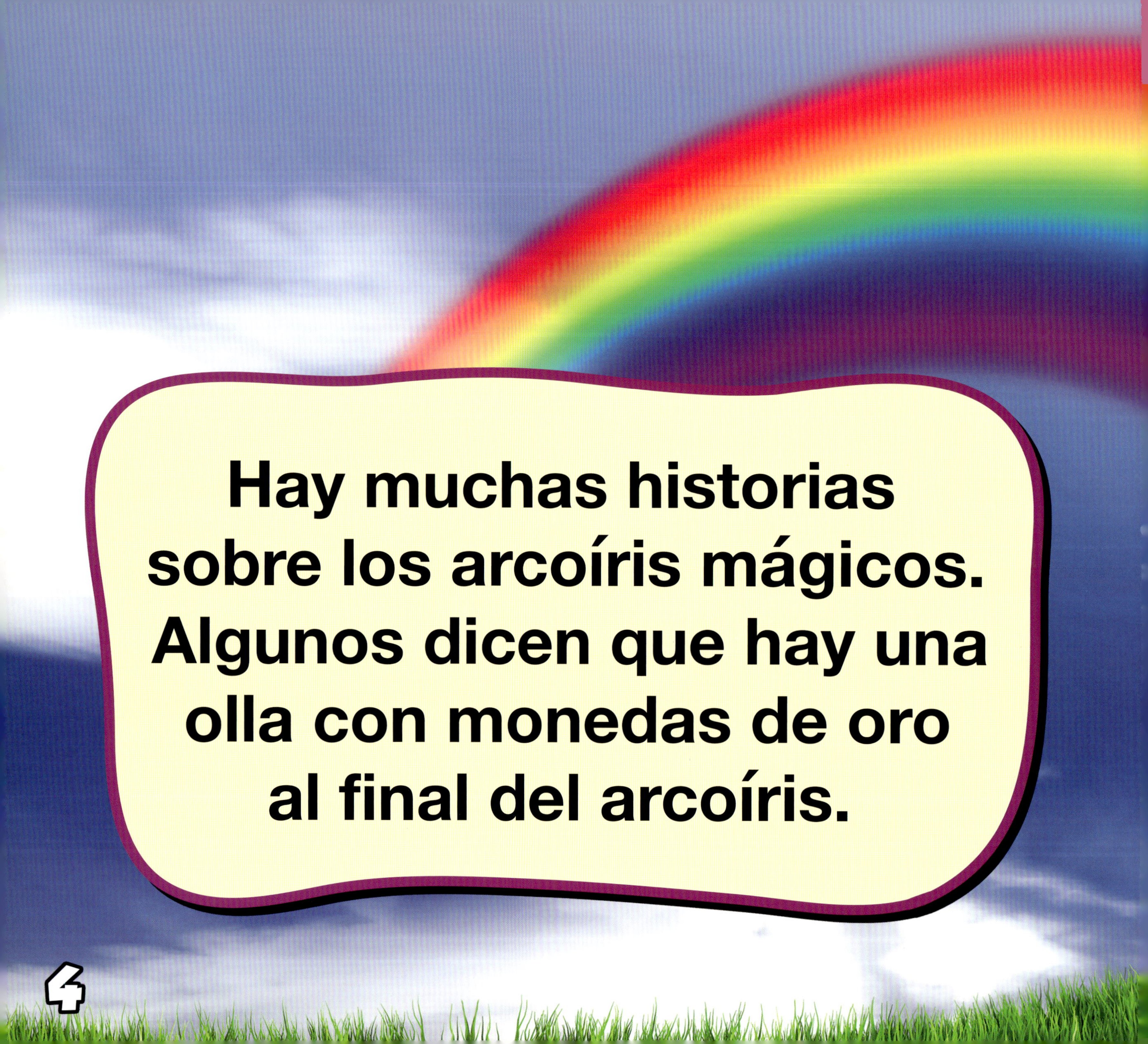

Hay muchas historias sobre los arcoíris mágicos. Algunos dicen que hay una olla con monedas de oro al final del arcoíris.

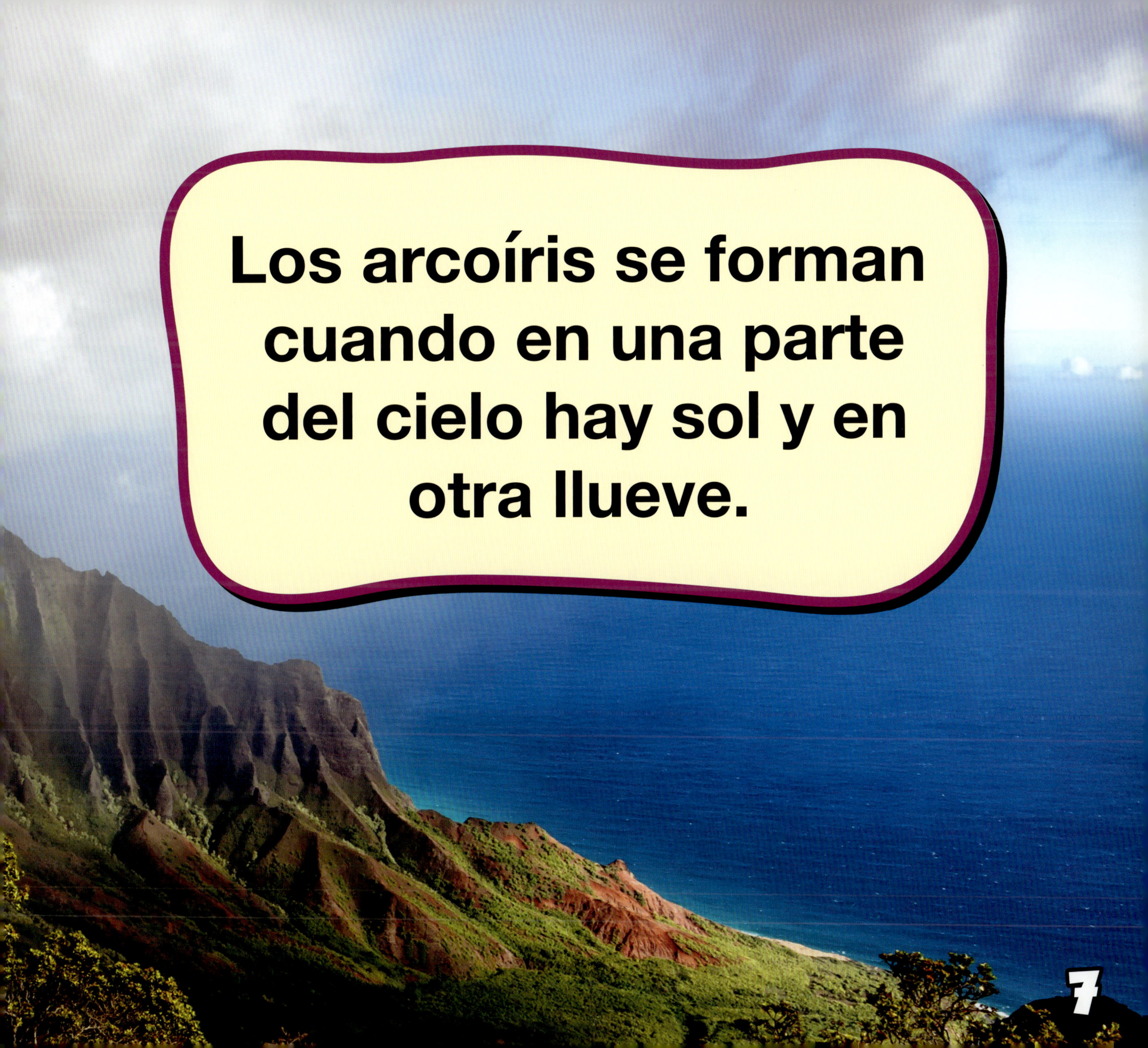

Los arcoíris se forman cuando en una parte del cielo hay sol y en otra llueve.

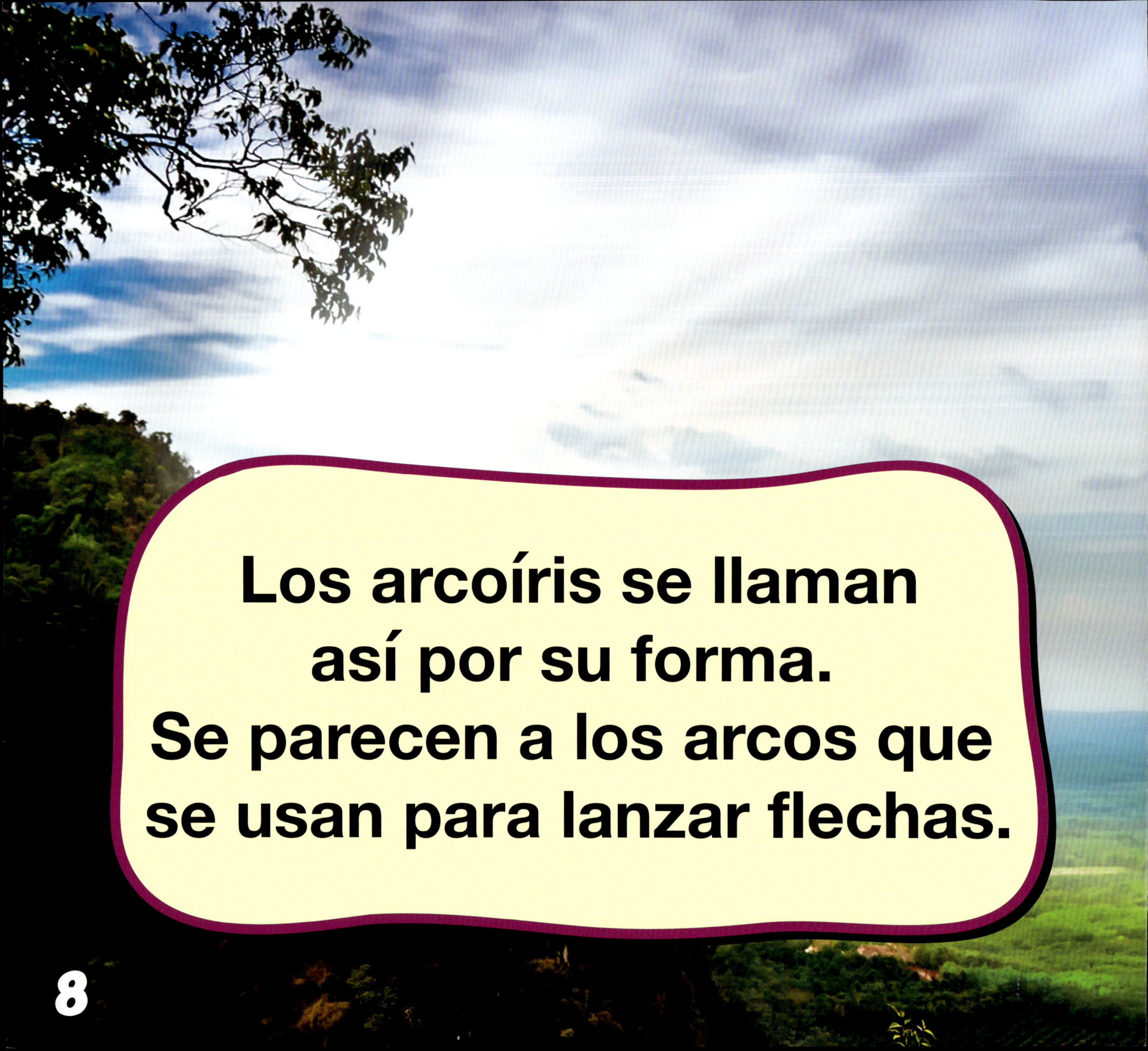

Los arcoíris se llaman
así por su forma.
Se parecen a los arcos que
se usan para lanzar flechas.

El arcoíris es en realidad un círculo de luz completo, pero la mayoría de la gente solo ve una parte.

Cada arcoíris es una mezcla de rojo, anaranjado, amarillo, verde, azul, índigo y violeta.

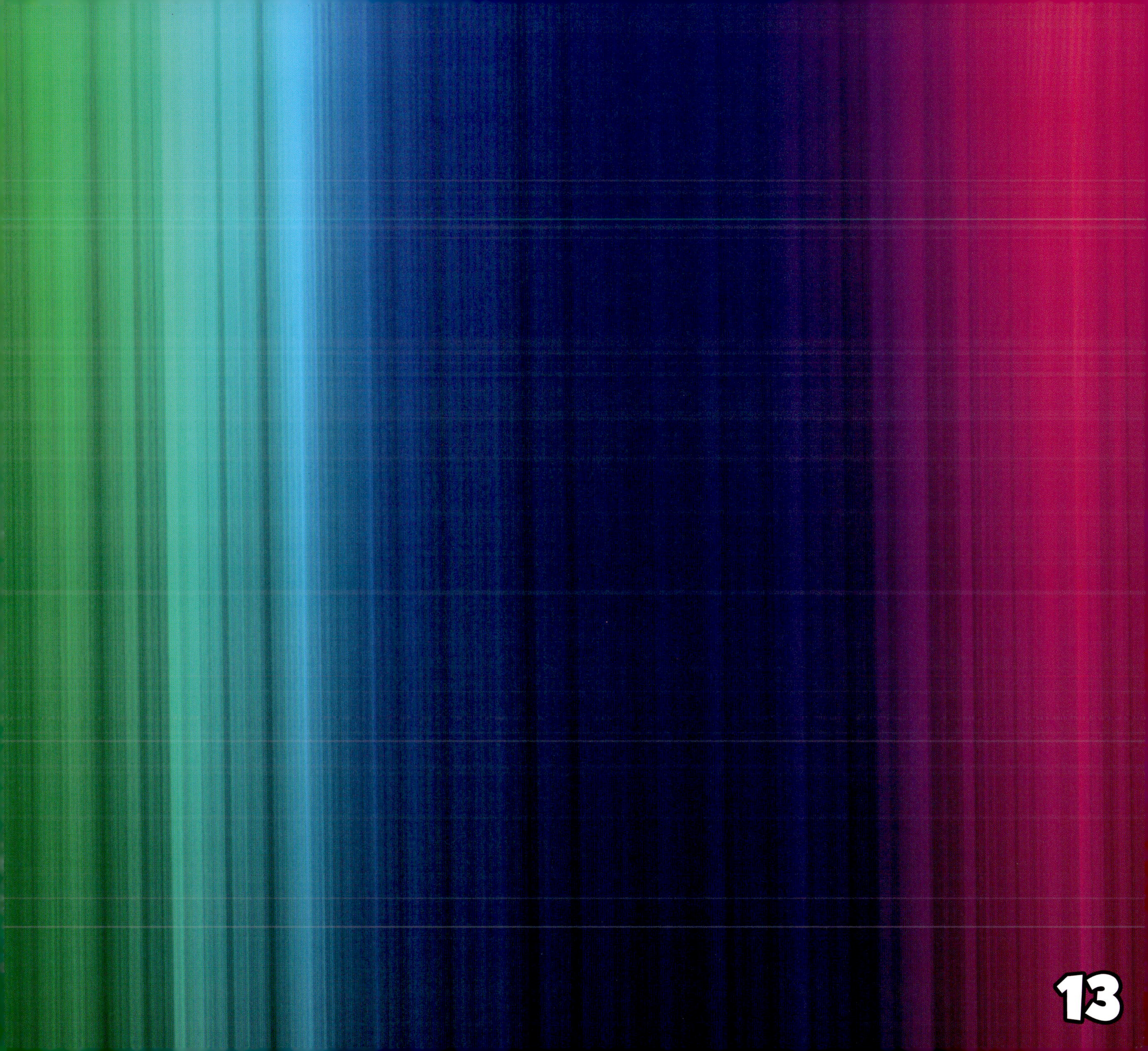

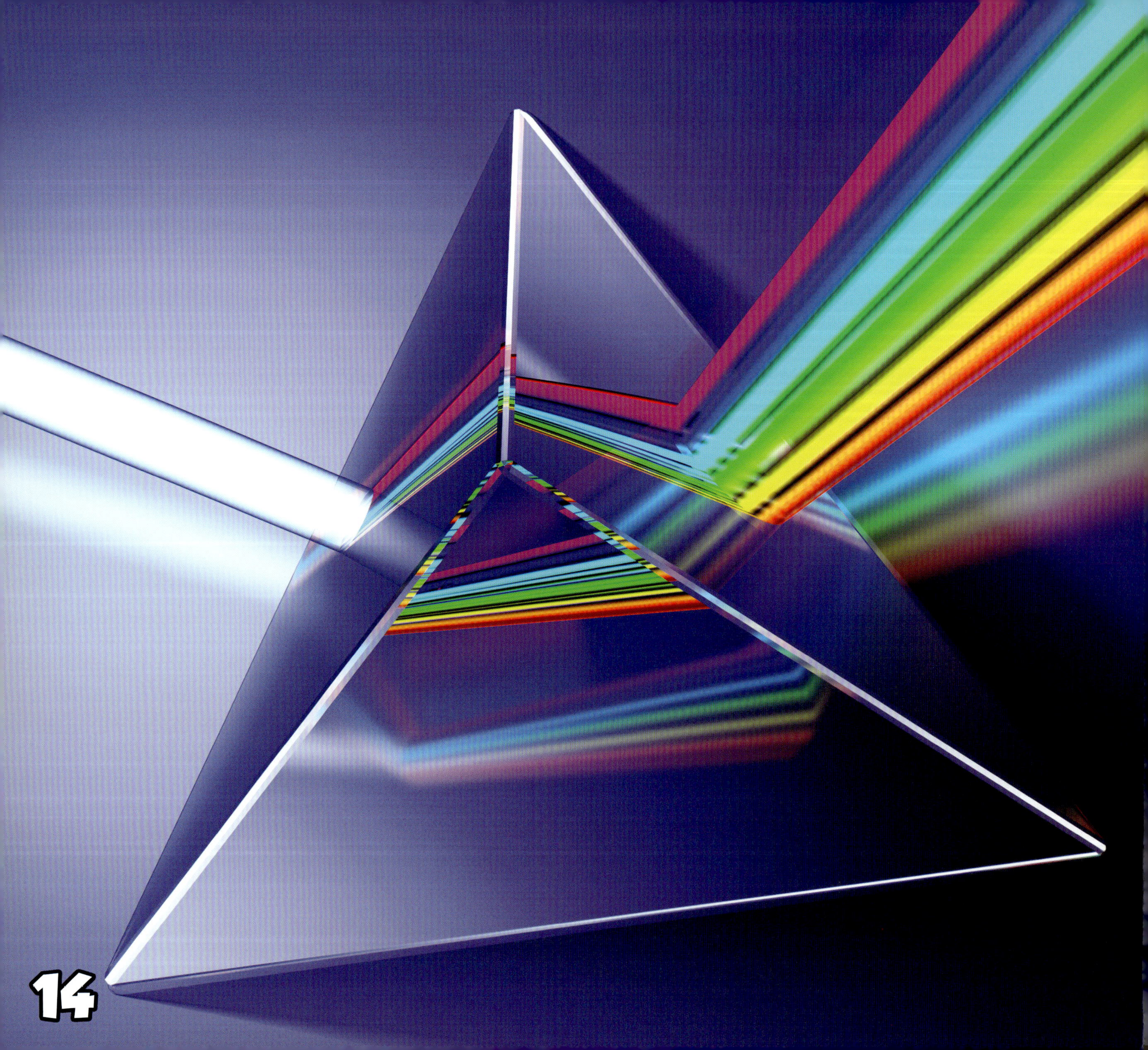

Estos siete colores fueron descubiertos por un científico llamado Newton.

Se necesitan millones de gotitas de agua para formar un arcoíris.

A veces, podemos ver un arcoíris doble.

No se puede tocar un arcoíris porque no se puede tocar la luz.

Los arcoíris en números

12

Hay **12 tipos** de **arcoíris diferentes**.

El **arcoíris que más duró en la Tierra** permaneció en el cielo por **6 horas**.

Los colores en un **arcoíris doble** están **invertidos**.

Newton descubrió que los **arcoíris tienen 7 colores** en 1666.

X3

A veces, se forman arcoíris **triples** o **cuádruples**.

X4

5

Antes de **1666**, se creía que los **arcoíris** tenían solo **cinco colores**.

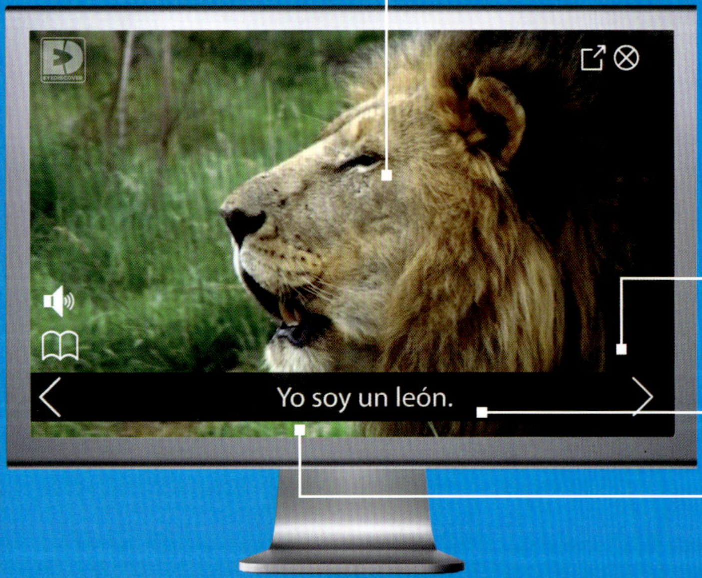

Mira
El contenido de video da vida a cada página.

Navega
Las miniaturas simplifican la navegación.

Lee
Sigue el texto en la pantalla.

Escucha
Escucha cada página leída en voz alta.

Ve a www.eyediscover.com e ingresa el código único de este libro.

CÓDIGO DEL LIBRO

AVH98962